KB266636

청어詩人選 519

하얀 빛살은 멈추지 않는다

김정희 시집

도서출판 청어

하얀 빛살은 멈추지 않는다

김정희 시집

하얀 빛살은 멈추지 않는다

김정희 시집

시인의 말

그리
쉽지 않은
무색의 시간을 걸어
습기 머금은 어제의 곡선이
숨소리 찰방거리고 있다
오늘 모퉁이를 돌아서는 볕뉘
지워져 가는 그늘을
그러나
빠른 흐름길 앞에서도
좀체 사그라지지 않을 기억을
응시하고 있다

2026년 1월
사라지는 것에 안부를 물으며

차례

시인의 말

1부   양성상회

12   그림자놀이

13   양성상회

14   주변인

16   푸른 별을 신고

17   스물 가만히 바라보면

18   우표 없이 보내는 편지

19   첫 장을 넘기며

20   하얀 열차

22   여우별

23   1670번

24   그리움

25   네가 나고 내가 너인 듯이

26   새날

27   풀꽃으로 피어

28   일기예보

29   잠시 기다리며 거리에 선다

2부   동물원 실루엣

32   부추꽃에 달빛이 내리고 있다

33   불덩이

34   동물원 실루엣

36   그래도

37   네가 있어 먹빛 어둠이 빛난다

38   풀잎

39   쓸모의 희망

40   오월에 깃들다

41   물안개

42   하얀 왕관을 벗어 던지고

43   짙음을 놓아주며

44   마음도 울 곳이 필요했다

45   문패

46   부부 2

47   날 기다렸다

48   봄 내게 속삭이다

3부   한겨울에 갇혔다

50   하얀 빛살은 멈추지 않는다

52   고목 그 아래 서다

53   엄매

54   애송이와 꼰대의 사랑

56   하얀 세상으로

57   조금 가까이 조금 멀게

58   한겨울에 갇혔다

60   도미노

61   내일의 기억

62   신기루

63   겨울은 간다

64   모른 척하지 않기

65   기적소리

66   초록 주름 느티나무에 걸다

67   이별 앞에서

68   유토피아의 거울

4부   네가 오가는 길목에 서있다

70   흔들리는 곳에서 부는 바람

71   유랑열차

72   그리움 2

73   동강할미꽃

74   언제 올까나

75   눈물은 무겁다

76   초록 열쇠

77   그만

78   애플민트 찻잎에 나를 올리고

79   소나무

80   민낯

81   조금 천천히 걸어요

82   낮은 지붕 창가에

83   하늘에 보내는 그림엽서

84   네가 오가는 길목에 서 있다

86   그 의자 기대어 서는

5부 습설

88 천상의 눈물

90 그날

91 너의 새장을 열어라

92 가을 라디오

93 빛의 정원에서

94 한여름의 꿈

95 너의 안부를 묻다

96 불새

97 그렇게 만나지길

98 누군지 아시나요

99 날씨의 법칙

100 나는 아직 죽지 않았어

101 뒷산

102 별빛 머무는 꽃

103 습설

평론_나호열(시인·문화평론가)

106 경계에 선 나무의 시

양성상회

그림자놀이

거칠게 뛰는 숨을 고르며
푸르지오 지나 e편한세상 바라보면서
힐스테이 펜트하우스에 오르고 있었어
그늘을 벗어나 바람길에 멈추어 섰지
서너 번 간판이 바뀐
가든갈비 자리에 제빵소가 들어섰어

떠나지 못하고
정원 한 곳에 남은 느티나무

아이스아메리카노 소금빵 스콘 베이글
멀찍이 바라볼 뿐
서로에게 다가서지 않는 그림자
미리내 엇갈려 가는 오늘이

그렇게 떠다니고 있어

양성상회

붉은 벽돌 조각 하나 보이지 않는다

콧노래 늘어지게 부르던 구멍가게
사라진 자리가 어디인지 가늠되지 않고
찢긴 과자 봉지만 뒹굴고 있다

시끄러운 경적 속에서
귀에 익은 목소리 희미하게 들리는 한낮

앞산 검푸른 산벚나무 숲에서
이별을 말하는 매미의 울음소리
가슴이 부르던 멀어진 노래처럼
오랜 시간 드나들던 잊히지 않는 삶의 자세가
왼쪽 오른쪽 구령에 맞추어
걸어가고 있다

어디로 가는 것인지 물어보지 않았다
아니 물어볼 수 없었다

주변인

요즘 나는 내가 없다

찰칵 초를 세며
살아지는 삶 속에서 나를 찾아
잠수 여행을 떠나는 너
내게 묻는다

나에게 남은 건 고막 울리는 숫자
0,
짙은 장막 저편에서
옅은 웃음을 짓고 있다

입술에서 떨어진 칼날에
제 가슴 찌르고 아파하며
손가락 휘도록 그리던
화선지 빈 곳에 멈추어 선다

백을 빼도 백
아직은 계산할 수 없다는
오류 메시지가 뜬다
손댈 수 없이 뜨겁게 뛰는 가슴

울컥 쏟아지는 별빛
곧 너였는데

푸른 별을 신고

밤새워 먹어도
배부르지 않은 까만 밤
잠들지 못하는 내 앞에 눈 감고 서 있다

간절히 부르면 잠깐이라도 눈 맞출까
매일 기다리는 너를 지나쳐
차가운 강물에 몸을 씻는다

푸른 별이 빛나고 있다
빼곡히 짐을 실은 택배 트럭
부릉부릉 첫울음 토하며
깨어나는 도시를 향해 달려간다

일어나는
붉은 해를 들어 올리는 남산에
아침이 접어들고 있다

스물 가만히 바라보면

열아홉
절망이 틔운 새싹
한 발 나아가며
연푸르게
가까스로 스물이 맺은
여린 봉오리
바람 안고 덜컹거리는
첫 기차에 오른다

속 눈썹 적시며 떠난 기적소리
먼 시간을 돌아와
검푸른 파도 가르며 울려 퍼지고 있다

우표 없이 보내는 편지

아침해 파란 잎에 물들고

석양이 들어와 머물면

바람에 물들어가는 가로수 발걸음

컴퓨터 자판이 일어서는 빌딩 창가
부서지는 태양에 가슴 포개어

속살 비치는 코스모스 낱장에 쓴 편지

구름 걷어내는 하늘 우체통에
우표 없이 넣는다

첫 장을 넘기며

색바랜 백지에 얼룩이 묻어있다
첫 장이 넘어가고
오래된 추억의 포자가 퍼진다
번지는 포자를 따라 기억이 너울거린다

혼자였다

겨울 볕이 강물에 쏟아지고
가까이 다가오는 기적소리
철로 가까이 서서
구불구불 꽁무니 빼는 열차를 헤아린다

차창으로 비치는 얼굴이 스치듯 가버리고
바람 가르며 숨 막히게 달리는 고속열차

감았던 눈을 뜬다

굽이치는 시간의 강줄기
첫머리부터 꼬리까지 넘실거리며
두 번째 장이 알몸을 드러내고 있다

하얀 열차

파도를 가르며 달려갑니다
옆 사람은 나를 보지 않아요
나도 돌아보지 않아요
뒤는 차가운 티타늄이 막고 있는
폭주하는 초고속열차입니다
그저 앞만 보며
내리는 것은 꿈도 꾸지 않았지요
유리로 막은 앞칸에 황금이 있어요
오래 보니 눈뜨기가 불편하고 따가워
자꾸 눈을 감게 됩니다
매번 까부라지는 고통에
내리는 게 두려운 열차에서 내려야 했지요
눈 떠보니
느리게 가는 하얀 열차에 타고 있었어요
옆도 보이고 뒤도 훤히 보입니다
풀꽃이 지나가고 화관을 쓴 볕이 따라오고 있지요
날갯짓하는 바람 몸짓이
낯익은 뒷모습이 얼핏 보이네요
늦었다는 서늘한 목소리 앞에서
괜찮다 내미는 손을 낯없이 맞잡고
나는 느린 열차에 올라 있습니다

가슴 깊이 숨긴 그토록 타고 싶었던
달별이 흐뭇이 감싸는 열차입니다
저기 보세요
어스름 가르며 떠오르네요
보이나요

여우별

그래
잠깐 보는 것일지언정
늦게라도 가끔

먹구름 뒤에
비구름 뒤에
숨지 말고

환한 얼굴 보여줘

가슴에 부는 비바람 멎게 하는
그
기다림 길지 않게

1670번

일상이 꾸물대는 거리에
벚꽃이 흩날리면
몸보다 마음이
문밖으로 먼저 달려간다
잠실에서 출발하는
이층버스에서 부스럭대던 햇살이
티끌처럼 부서진다
나부끼는 찬란함
숭숭 바람 드는 심장에 스미며
조용히 파고든다
네온사인 빛나는 가로수길에
밤땀 맺히며 뛰어다니는 발자국
봄빛에 눈부셔지고 있다

그리움

공연한

마음 털기

왜 그럴까요

멈추긴 할까요

네가 나고 내가 너인 듯이

네가
없는 듯한데 있고

내가
있는 듯한데 없다

네가 나고
내가 너인 듯이

새날

어두운 밤을 보낸
차가운 새벽이 움직인다
찬바람 지나가는
사거리 길목에 서 있는
오늘 얼굴이 보이지 않는다

일그러진 박 바가지
매끄러운 텅스텐 바가지
꺼풀 벗겨진 플라스틱 바가지
벗고 쓰기를 반복하다
가장 나다운 가면을 찾아

빛나는 구두가 들어서고 있다

풀꽃으로 피어

짧지 않은 시간이다
한 지붕 아래서 산지
너를 얼마나 알고 있었는지
너도 나를 알고는 있었는지
시커먼 이별을 보내고 나니
진정 아무것도 모를 일이 되었다
날카로운 송곳의 혀로
꺼내지 못할 못을 치던
함께 한 지난날이
푸른 하늘 잠시 가렸던 먹구름이길

전달할 수 없는 변명을 누른다
남아 있는 길에서는 잔잔한 풀꽃으로
너와 마주하기를

일기예보

눈이 내리다 비가 온다
비바람 불다 잠시 고개 숙이자
앞서 걷는 우산 꼭지에서
미끄러지는 물방울
보도블록 틈을 파고든다
꼭두각시 전광판 뒤에서
맨발로 깜박거리는 일기예보
새는 마음 주의보 알리며
물기 흠뻑 젖은 채
건널목 뛰어가고 있다

잠시 기다리며 거리에 선다

빗물에 젖어 털어낼 수 없을 때
하늘을 보고
공연한 기대보다 눈앞에 보이는 것에
집중하자
비가 되는 날 눈이 되는 날
쪽빛 하늘 띠올라 쑤른 바다가 되고
청량한 파도 들리는 어느 날
자유로이 날아오르는 고래
너에게 오리니

괜한 돌덩이 무겁게 떨어지지 않는 날
그대로 두자
잠시 숨죽여 기다리면 서서히 바람 들어와
숨구멍 트인다
그 작은 구멍이 몸을 두르는 바람 띠 만들어
유유히 나는 새털구름 되고
함박꽃 피는 잔잔한 미소 되어
풀빛 하늘 내리는 거리에
네가 있으리

2부

동물원 실루엣

부추꽃에 달빛이 내리고 있다

잔별 피어 있는 도시 바다에 불빛이 출렁거리고
태양처럼 뜨거웠던 오늘이 부추꽃처럼 서 있다
썰물에 뒷걸음치는 붉은 게들이 점령한 네온사인
멈춤의 신호를 보내기 위해 눈을 감았다 뜬다
긴 숨 몰아쉬는 부추꽃에 흰 달빛이 스치고 있다

불덩이

얼마나 걸었을까
너를 만나러
눈보라 몰아치는
먼 길을
다가오는
황금고래 날갯짓할 날이
벅차오르는 가슴
서서히 펼친다
어둠 속에서
새벽 바다 건너
차가운 수평선 가르며
환하게 빛나는 불덩이
손 땀 쥐고 기다리는
내 앞에서
활활 날아오르고 있다

동물원 실루엣

잡힐 듯 잡히지 않는 초원
하늘 가까이 보인다
날카롭게 늘어선 울타리
훌쩍 뛰어넘는다

아 저기 초록 숲이 있다

저 숲을 지나면 드넓은
초원이 나타나고
지평선이 펼쳐질 게다

던져주는 고깃덩어리
포효 대신 침묵 흘리며
새 한 마리 쫓지 못하고
흙바닥 시멘트와 엉켜
우리 안에 갇힌 구경거리로
십여 년

멀어지는 아우성이 가물거린다

갈망하던 초원을 이제야 만났다

갈기머리 내리고 편안히 잠든
네가
햇살 넘실거리는
푸른 초원으로 달려가고 있다

그래도

염치없이 질기다 하지 말아요
지난주에는 폭우를 만났어요
어제는 태풍이 찾아와
온몸이 찢기고 뿌리가 뽑힌 채
누군가 지나간 발자국 위에 있었지요
누렇게 뜬 뿌리를 구하려 한나절을 돌며
주위에 있는 흙을 모았어요
간신히 버티고 선 다리가 몹시 후들거려요
그 자리에 가만히 누웠지요

이렇게 살아있어서
어떤 내일이 오더라도
오늘보단 기쁠 것 같아요

벌써
동쪽 하늘에 샛별이 일어서고 있네요

네가 있어 먹빛 어둠이 빛난다

영하의 기온을 달래주던
햇살이 저물고 있다

홀로 선 민머리 등대
그 외로움 에워싸는 달빛에
먹빛 어둠이 빛나고 있다

파도의 하울링에 몸을 일으킨다

지금 서 있는 이곳이
눈꽃 피는 겨울로 가득히 물들어도

말없이
푸른 등불 환하게 밝히며
뜨거워지는 목울대 울리고 있다

풀잎

태풍 지나는 길목에서
휘몰아치는 비바람에도

질긴 인연 끊지 못해
내민 손 또 내밀어
가까스로 잡은 끈 하나

가슴 타들어 가던 통증
이슬방울에 잦아들고

먼저 남기고 간 발자국
가만히 들여다본다

네가 있어 빛나는 이슬을
이슬 속에서 빛나는 너를

쓸모의 희망

뒤로 나뒹굴다 앞으로
도로에서 일어나는 바람에 날아가다
약국 앞에 쌓인 종이상자에 누운 비닐 조각

십 년 이상 거리를 누비는 손수레
아직 쓰임이 남아 있다
날마다 실어 나르는 절망 뒤섞인 희망

좁은 길의 곰팡내 신고
쓸모를 주워 담으며
골목을 지나 시장길 누비고 있다

오월에 깃들다

수시로 들락거리는 외지인
전철역 들어선
그린벨트로 꽁꽁 묶여 있던 마을
맹꽁이 살고 냉이꽃 피는 논밭에
즐비하게 들어선 창고

잠잠했던 바람이 다시 불어
뜯기는 창고 널브러진 패널 더미
구겨진 철근은 꾸역꾸역 모여들고

쓰러진 담장에 깔려 핏빛 토하는
길가 이장 집 덩굴장미
누굴 기다리는지 고개 들어
다시는
만나지 못할 오월에 깃들어 가고

물안개

솜사탕 두 개
둥지를 틀고 기다리다

하나는 발바닥 뜨거운
나에게
나머지 하나는
어제를 용서하고 가는
너에게

가슴 속에 묻은 실타래 풀어내는 강물 위로
한동안 나지막이 날다 일어나는 새벽을 뒤로하고
창백한 마음 물들이며 아침을 헤엄쳐가고 있다

하얀 왕관을 벗어 던지고

굵은 철사로 머리띠만큼 꿰매고
머리에 하얀 왕관을 썼다
잠 못 드는 날이 왕관을 벗어 던지고
다시는 돌아가고 싶지 않은
거대한 성을 나왔다
전철에 몸을 맡기고 반나절 흘러
숨 쉴 수 있는 나의 정원에 들어선다
날 기다리던 잡풀 속에 장미가 피어 있다
바람막이가 되어 준 풀잎에 기댄 꽃송이
꽃잎 서너 개 떨어뜨리고 서 있다
초대하지 않은 말간 이슬
어둠길 지나 아침에 물든
남겨진 꽃잎 쓰다듬고 있다

짙음을 놓아주며

햇살과 살 비비는 연푸름
진초록으로 회색 도시를
누비고 있다

네가 흘린 투명한 물방울
달빛 스며든 은행잎
그리 오래잖은 노랑이
짙어간다

여유롭게
짙음을 놓아주며
순간순간 옷을 벗는 계절이
내게는 연붉은 보라를 입히고 있다

마음도 울 곳이 필요했다

가끔
코끝 찡하고
가슴 먹먹할 때 있지요

혜화동에서 왕십리 가는
차비로 사 먹던 떡볶이
예닐곱 정류장 따라 재잘대던
풋풋한 풀내 나는 단발머리
유리 날개 접던 날 있었지요

서울을 도망치듯 달려가는 버스
먼지 속으로 사라지고
찬바람 도는 늦가을 들녘
무거운 책가방 앞서 걸어가던

그날

설움이 너무도 뜨거워
울 곳이 필요했지요

문패

요동치는 물결을
구부정한 몸으로 지켜보며
지나는 좁은 도로에 맞닿아
목마름 풀어 주던 작은 쉼터

민들레 앉은뱅이로 앉아
동네 사랑방으로 수십 년
창문 뜯기고 본체만 덩그러니

분주히 다니던 목소리 없이
발소리 떠난 지 일 년 가까이
이름 놓지 않고
혼자 걸려있는 문패

뒷산에서 내려오는 녹음만이
까치발 그늘을 내주고 있다

부부 2

너는 너대로
나는 나대로 걷다
사거리에서 만나
모르는 척 고개 돌리지 않으며

꽃잎 피우는 첫봄 햇살처럼
여린 잎 일으켜 안는 저 바람처럼

다름을
말없이 바라보면서
엉기는 발자국 풀어가다

나는 너에게
너는 나에게

천천히 다가가기

날 기다렸다

굴러다니다 하나 둘 셋
얼기설기 모여 이를 딱 맞물고 있다

혹시라도 떨어질까 몸을 의지하고
한 몸 아닌 한 몸이 되었다

한 자리에서 가족을 만들어 가며
때로는 날 기다리는 아버지 어머니였다

내일도

목말 태운 비바람 눈보라 세월과
우산이끼 피우며 숨바꼭질하고 있을

돌담

봄 내게 속삭이다

별을 보며
바위에 뿌리내리는 진달래
시멘트 도시에 터전 일군 너처럼
발에 불이 나도록 어린 봄을 맞고 있다
해마다 찾아와
복사꽃 벚꽃에 새 운동화 사주고
단거리 마라톤을 하고 있다

하늘 가두리 양식장에 풀어놓은
출렁거리는 뭉게구름
쓸쓸한 눈빛에
첫 봉오리 걸며
내게 속삭인다
봄 눈물이 너무 눈부셔

한겨울에 갇혔다

하얀 빛살은 멈추지 않는다

현실의 벽 너머
하얀 심상을 찾아 헤매는
잿빛 하늘 잠기는 깊은 바다
멀어지는 그 고요 속에서
굽이치는 시간의 강 언저리에서
많은 날 흘렸다

움직임 잃어가는 회색 키보드 앞에
한 줄기 볕살이 내려 시린 삶을 깨운다

숲의 눈물이 도시의 배설물을 토하는
검은 빗줄기 고스란히 맞으며
치열하게 나열하는 진솔한 이야기
빛이 울렁거리는 볕뉘를 달고 날아간다

때로는 한밤을 일으키는 별

때로는 죽어가는 생명을 살리는 겨울 빛살

때로는 아픈 상처 건드려 진물 나게 파고드는
날카로운 바늘

비켜서지 않는 너를 낳고 기르는 것이
외롭고도 아름다운 행복을 찾는 일이었다

고목 그 아래 서다

시월을 가장 먼저 입고 제일 먼저 옷을 벗은

탈곡을 마친 노인이 서 있다

발가벗은 몸으로 다가오는 겨울맞이를 위해

시원하게 내리는 빗물로 거칠어진 각질을 벗겨내고 있다

읍내로 학교 다니는 두 시간마다 오는 버스 길에

아직 덜 여문 낙엽이 굴러와 버스 정류장에 먼저 선다

바람막이로 살아온 노인이 늦가을 액자 속에서

긴 잠에 빠져든다

엄매

목장 지붕 앙상한 뼈대만 남은
송아지 지켜주던 보금자리
주인은 떠나고 먹다 만 먹이만이
바닥에 뒹굴고 있다

보상금으로 근처에 장만할 수 없어
자동차로 두 시간 거리
타지에 목장 터를 구하고 떠났다

남겨진 철골이 트럭에 실려 가며
울음소리 그치지 않고 있다

애송이와 꼰대의 사랑

폭발하는 다이너마이트
거침없이 퍼붓는 하루에
흠뻑 젖은 두루마리 화장지
꿈꾸는 바이킹에 싣고
높이 높이 날아오른다

톨레랑스 나무에 열린
빨간 사과 익어가는 세상에
애송이와 설익은 꼰대

자주 먹는 음식도 맞지 않고
매사에 생각이 달라
까칠한 목소리로 얼굴 붉히며
모르는 척 외면하지만

엊그제부터 아프다며 병원에 간
아들 같은 까마득한 후배
어찌 될까
어미 떨어진 강아지마냥

먼발치에 섰던 눈길 거두고

멈춘 듯 흐르지 않는 긴긴밤 지새우며
스마트폰 놓지 못하고 있다

하얀 세상으로

영롱한 별 하나
마음 모아 기다리던 곳에

먼 달별에서 찾아와
피어난 말간 눈동자 샛별

구순히 부르는 자장가에
나는 생명이 넘실대고
온갖 풀꽃이 한가득히

하얀 세상을 향해 방긋거리는 푸르미르
햇살 비추며 높푸르게 날아오른다

조금 가까이 조금 멀게

익숙하면 내 거라 손잡고
거침없이 춤추는 말이 되었지
낯설면 두렵다 외면하고
멀리하였지

늘어난 고무줄처럼
거리감 느껴지면 한 정거장보다 가까이
허물없다 여겨지면 두 정거장 멀어지고
그럼 우리
조금 편하게 웃을 수 있으려나

한겨울에 갇혔다

무조건 뛰는 거야
저기 누가 오고 있어
숨을 곳이 보이지 않아
나는 이쪽으로 갈게
너는 저리로 가
막내는 나뭇더미 뒤에 숨어
큰형의 울부짖는 소리에
사방으로 흩어진다

아빠, 고라니야
새끼들인가 봐
아주 작아
먹이 찾나 봐
아니 엄마 찾나 봐
여기에 아파트가 들어서면
쟤네들은 어디에서 살아
글쎄
푸른 숲이 있어야 하는데
어디로 갈지

어떡하지
눈이 온다고 했는데

도미노

겨울 쉬어 가는

하얀 숲속

초입에 들어서는 해뜨기

중년의 젖은 땀 흘러드는

빌딩 숲에서

힘껏

바람의 뒷등 밀며 해거름 하고 있다

내일의 기억

비명 지르는 가슴을 움켜잡는다
몸이 흔들리고 가지가 찢기어가고
잡아보려 손을 뻗지만
날아가 버린다
남은 사지 지키려 울부짖는
한쪽 팔 잃은 소나무
발에 모든 힘을 주고 버티어 선다
얼굴 내미는 어린 솔방울
고개 들어 내일을 만날 수 있도록
하늘 닿는 곳까지 날개를 펼치고 있다

신기루

화려한 도시에서
사막 저 멀리 가물거리는
오아시스 찾고 있다

간절함 커지며
보이지 않는 희망을 좇아
도심 속 사막을 걷고 있는
너의 뒷모습에서
뒤로 먼 날이 앞으로 오고 있다

어느 곳 어디일지 모를
그곳에서 아른거리는
시원한 물줄기
푸른 야자수에 둘러싸인
반짝거리는 오아시스 저기 있다

오월을 덧대는 아파트 유리창에
아침이 찬란히 퍼지고 있다

겨울은 간다

무엇이 거미 가르며 어둠의 통로 밝히게 할까

달별 삭히는 장독대
동트기 전 약수로 올리는 정화수
어스름 속 어렴풋한 어머니 뒷모습
새벽마다 들리던 굽이굽이 넘는 간절한 기도
고개 들던 집 구렁이 천연스레 지나가고
볕살 차오르며 한데 어우러지는 넓은잎나무숲으로
요란스러운 날이 겨울에 묻혀가고 있다

묵묵히 기다린
하얀 첫날을 보내고
새순 눈뜨게 하는 바람 불어
언 마음 서걱거리는 광화문 광장에
밤새워 배회하던 푸른 뱀이
내일로 가는 허물을 벗어 놓고 있다

모른 척하지 않기

이른 아침부터 굴착기 굴러가고 있다
덤프트럭에 실려 가는 콘크리트 조각
민둥 되어가는 뒷동산 언덕바지
대기표 팔찌 끼고 옮겨갈 곳
줄지어 기다리는 산벚나무

어디서 다시 만날지 모를
파릇이 터지는 사월
고향 땅 마지막 모습 내려다보는
이 순간
거칠게 뛰는 가슴 헤집어 놓는다

다른 곳에 머물더라도
혹시 내가 모르고 지나가면
네가 먼저
꽃잎 가지로 내 발부리 걸어
가만히 날 불러줘

기적소리

역을 출발하는
빛바랜 노병의 시간
먹구름 속 소낙비로
한바탕 퍼붓고 있다

기지에서 물러나는 노병

비어낼 둥지에서
타지로 보내는 무전을 치며
두 손 가득 들고 있던 욕망을
그대로 내린다

속도를 올리는 기적소리
멀리 퍼지며
다시 돌아올 노병에게
긴 키스를 하고 있다

초록 주름 느티나무에 걸다

꼬끼오
알람이 울지 않는 마을
텅 비었다

눈에 익은 공간이
역세권 개발에 뿌연 먼지 일으키며
달리는 트럭을 넘어 느티나무에 앉는다

떠난 사람의 소탈한 모습을
아직 떠남은 모르는 듯
쉬어가는 이 토닥이며
느티나무에 우거지고 있다

햇살 펄럭이는 봄
눅눅한 어둠이
새벽을 기다리고 있다

이별 앞에서

넘어간 시간이 앞에 서 있다

그 시절로 돌아가 비 그리고 눈이 된

담지 못한 것을 담는다

멈춘 듯 멈추지 않는

저 산을 덮는 봄눈 같은

순간
먼지 되어 사라진 이별이 건넨 말

담지 못하는 빈 가슴

유토피아의 거울

옆집 남자를 떠나게 한
코로나19뿐 아닐 거야
고열로 펄펄 끓는 몸을 식히려
빙하를 녹이고 있다
피가 엉기는 고통에
사막에 붉은 찬비를 뿌리고
시푸르던 강줄기 황량한 흉터에
흙먼지 이는 바람만 흘러간다
온종일
아우성치며 떠다니는 무덤이
폭설을 뒤집어쓴 채
벌어지는 무람없는 전쟁터
차마 부르지 못할 진혼곡이 울려 퍼진다
피고름 진동하며
가늠 없이 조각난 건물 잔해 속
나동그라지는 신생아 울음에
검은 눈물이 쏟아지고 있다
깨지기 쉬운 저 너머에서
오열하던 유토피아
실금 가는 기척에 숨죽이고 있다

4부

네가 오가는 길목에
서 있다

흔들리는 곳에서 부는 바람

언제부터였을지

전염병처럼 늘어나고 있다
고단한 들고양이 울음소리
허물어진 담을 넘어 달아난다

인기척 기다리는 깨진 창문의
외눈이 커지고 있다
완전한 떠남은 아니라 하는 손때묻은
수년 전 달력이 바람과 흐느끼고 있다

무궁화꽃이 피었습니다 외치던 골목길
가지마다 노랗게 익어가는 단감을 걸고
목을 빼고 서 있는 감나무 한 그루

유령처럼 소리 없이 흔들리고 있다

유랑열차

펑 펑 터지는 축복의 폭죽
출발 알리는 유랑열차 기적소리
갓 결혼한 새색시 새신랑 타고 있다
달려가는 열차 안에서
눈물이 배꼽 잡는 영화를 찍으며
여름방학 가듯이 지나간 시간
얼마 남지 않은 연료를 아껴
촬영을 재개한 희극 장면에
늦가을 햇살을 쏟아붓는다
찬 이슬 잠드는 나무 의자에 앉아
처진 눈꺼풀 마주하고 있다
우리 다시 태어나면
그때는 다정한 친구로 만나오

흰 바람 묻은 아득한 목소리

그리움 2

너에게 부치지 못한 첫 편지
그대에게 받을 수 없는 답장
당신에게 갚지 못하는 눈덩이 빚
부슬부슬 내리는 지난 시절에게
건네지 않은 연푸름
너울거리는 흰 파도 부서지며
물방울 매달은 채
가슴에서 스멀거리는 짙은 물안개
온몸을 기어다니며 알을 까고 사라지는
그런 날
문득 오시는 손님

동강할미꽃

눈바람 부는 절벽 집
떠날 수 없어
마른 몸 꼿꼿이 세워
끝 닿는 저 하늘 바라본다

가끔 도시에서
코끝 떠나지 않고 맴도는 바람
달그림자에 숨기는
여린 마음 안쓰러워
펴지지 않는 허리 끝까지 당기는
동강할미꽃

연보라 꽃봉오리 피우는
어머니 가슴 동강에
아지랑이 아른대며
봄빛이 찾아와 넘실대고 있다

언제 올까나

울부짖는 어둠을 달래 잠을 재운다

긴 기다림이다
끝나지 않는 터널 끝이
이제는 보일지도

밤의 눈물 자국 물안개가
강줄기 덮으며
달려오는 어둑새벽을 가두고 있다

눈을 뜬 첫새벽이 길을 트며
숨길을 열어 놓는다

꿈틀거리던 아침이 시퍼렇게 일어서고 있다

눈물은 무겁다

아내와 갈비탕 한 그릇씩 사 먹고
발이 되어 주는 일 톤 트럭 앞에 섰다
운전석 차창에 햇살이 뜨겁다
나도 저럴 때 있었다
해가 저물어도 식지 않는 열기로
거뜬히 들고 다니던 시멘트 포대
늘 같은 무게인데
들기가 버거워진다
쉴 새 없이 누비던 거리를 벗어나
어깨에 내린 땅거미 두르고
집으로 돌아가는

땀 밴 구두에 차오른 묵직함을
묵묵히 받아들이며
돌아보지 않는 어둠에 다리를 펴고 있다

초록 열쇠

흠뻑 쏟아지는 벚꽃이 가고
진빨강 덩굴장미가 오고 있다

꿀벌의 쉼 없는 입질이 저물고
화려한 불빛에 첨벙거리는 어떤 날

첫새벽
내 손을 잡고 오른 버스
힘들다 슬프다 말은 아끼며
너만 봐도 기쁘다 행복하다 하던
두 눈에 어린 내가 있었다

채소를 가꾸어 판 삶으로 받은 초록 열쇠
닫았던 빗장을 활짝 열고 너른 세상을 고른다
그녀 밭에 피는 꽃
푸릇푸릇 돋는 싹에 샛별이 비치고 있다

그만

깊은 바다 내려온 한밤 끝날 기미 보이지 않는
칼칼한 목소리 밤공기 가르고 있다

내 귀에 속삭이다
뒤척이는 이불 끝에서

선명하게
전깃줄에 앉아 호통치듯

어스름 끝에서 다가오는 새벽을 보낸
무거운 한마디

애플민트 찻잎에 나를 올리고

봄의 몸짓에 젖어 드는
초록이 전하는 생명력을
차오르는 달을
기다려 빌붙어 살고 있다
자꾸 돌아보게 하는 연한 마음
잘 띄지 않게 피었다
이내 시들어가는 애플민트 찻잎에
나를 올려놓는다
조용히 들려오는 소리에 귀 기울이고
주는 것을 덥석 받았다
염치없이 진하게 달여
한 잔을 마셨다
가슴이 뜨거워진다
어찌하나
나는 늘 빚쟁이거늘

소나무

휘어진 그대로

까칠함 그대로

솔직해서

부끄럽지 않다

민낯

평생 일구어온 자그마한 터전이
신도시로 이동하는 과정에서
깊은 밤 지새는 눈물을 보고도
내 일이 아니다 하였다

수십 년 함께한 줄 잘린 진주 목걸이
뿔뿔이 흩어져 임대주택으로
외곽 도시로

빈 골목엔 빈 바람 소리뿐

고층빌딩 펜트하우스
모두 처음부터 제 자리인 줄
누군가의 피땀이 녹아든 곳에
당당히 서서
어떤 인생을 짜낸
고소한 눈물을 찍어 먹는다

아무 일 없는 듯 굴러가는 세상
다시 부는 빈 바람 소리

조금 천천히 걸어요

별빛 머무는 곳에서
숨 쉬는 너의 그림자
거부할 수 없는 화려한 도시를 걷고 있다

세상을 달리는 도돌이표
지하철 버스의 기침 소리 흔들리는 가슴에
무섭도록 조용히 남기는 흔적

그 발걸음 조금만 천천히

걸음마 떼는 봄이
피어나는 새싹이
속삭이는 목소리에 귀 기울이며
흘러가게

낮은 지붕 창가에

82

도시를 달리는 탄소야
첫여름 숲으로 놀러 가자
초록 잎에 앉아 있는
산골 바람 만나러
자전거 타고 가자

여름이면
목청껏 내 이름 부르는 파랑새야
넓은잎나무숲에만 있지 말고
서울 구경 가자
바람개비로 날아가다
처음 만난 버스에 올라
쉬엄쉬엄 가자

널 기다리며
경동시장 낮은 지붕 창가에서
고개 내밀며 살아가는 숙이가
해맑게 너를 끌어안고
깊어진 진초록에
흠뻑 잠길 수 있게

하늘에 보내는 그림엽서

잔걸음으로 세상을 활보하더니
발걸음 줄이고 먼 곳을 바라본다

밤마다 늘어서는 잔별이 내려와
빌딩 숲에서 깜박 눈을 붙인
달님 앞에서 선잠이 일어난다

잠시 멈추고 하늘에 보내는 그림엽서

놀이터 빛나는 모래에 새긴 손자국 발자국
뛰노는 웃음소리 멀리멀리 날아가고 있다

네가 오가는 길목에 서 있다

네가 그렇다면 나도

네가 못났다면 나도

한 곳을 바라보며
아름다움 지키려 애쓰고 있기에

네가 없으면 나도 없다

오래된 블라인드 걷어내며
어둠 밝혀주는
달처럼

어엿이 고개 들게 하는
별처럼

나는 너를
너는 나를

있는 그대로 그 모습 그대로

가끔은 술 한잔 기울이며 친구가 되는
네가 오가는 길목에 서 있다
내일도

그 의자 기대어 서는

가진 만큼만 누리고 살려고요
그물을 걷으며
더는 욕심 없다는 어부
강에서 물고기 잡아
오 남매 키우고 가르치며 결혼까지
도시에 사는 자식 전화 기다리며
빛바랜 의자가 되어간다
굽은 허리 깊숙이 숙여
가까이 있는 강물에게 속마음 털어내고
윤슬에 번지는 하얀 그리움
허리에 칭칭 감는다
눈가에서 자글거리던 저녁 햇살
걷어 올린 그물 속에서 둥그레지고 있다

5부

습설

천상의 눈물

차마
보기도 아까운
달과 태양을 비바람에 덧댄
순간이 포개져 어우러지는 비탈진 골짜기
밤하늘이 흘려 구슬땀 고인
바타드 라이스 테라스*

눈 내리면 눈으로
비 내리면 비로 그리는 수채화
바라만 보아도 눈물 핑 돌게 하며
어느 곳 어디에서 오는 이를 기다리기에
언덕마다 터전을 보듬었나

안개구름 떠난 자리에
많은 날 거칠었던 숨결이 배어
하늘에서만 끝을 보이며
아름답도록 구순히 이어진 땅 주름
오랜 시간 누구의 땀방울 지문인지

방울을 목에 달고 펄펄 끓는 일 년 열두 달
떠남은 생각조차 잊은

닳아버린 청춘이 끄는 무릎 꺾는 소리
어떤 인생을 어루만지며
고요히 내려와 앉는다

*Batad, Banaue Rice Terraces: 필리핀 루손섬 북부 바나우에의
계단식 논, 약 2000년 전 원주민 이푸가오족이 만들었다고 함.

그날

흙먼지와 범벅이 된
옷깃에 묻은 눈물이
떨어지지 않는 날

뒤집힌 사진 한 장이
가슴을 열고 펼쳐진다

멈춤 없는 이별에
주저앉아 일어날 줄 모르던
폭우 속 깊은 울음

나를 일으켜 안고 있다

너의 새장을 열어라

열어라
문을 열어라
활짝 열어
높이 높이 날아올라라

비구름 넘고 눈구름 너머로
하얀 날갯짓 마주 보며

때로는
한 발 뒤에서
때로는
한 발 앞에서

서로에게 귀 기울이며
물빛 넘실대는 맑은 세상으로
푸르르 날아가거라

가을 라디오

주름진 얼굴 만지고
거칠어진 한 줌 등허리 긁으면
병상에 누워있는 입가에
번지는 아가의 미소

두유 한 모금 마시고 맛나다
유치원생 아들과 날 기다리던 말간 눈동자
이제는 안 나가지 일 끝났지
묻고 또 묻고

마른 살가죽에 윤기가 돌며
까슬까슬한 비늘이 옆으로 눕는 날이
강물에 흘러간다

유난히 푸르른 가을날
깊어진 파란 하늘로 날아가 버린 목소리
바람결에 실려 와 주파수 맞추고 있다

니 손이 달다 니 손이 달다

빛의 정원에서

수직이 자리를 떠난 뒤

LED 램프 아래서 은은한
너를 보며 잠이 든다

성이로운 우주에서
자연스럽게 산란하여
도시의 눈빛으로 흐르는
투명한 네가

파랑 보라 초록을 만들며
흩뿌리는 마법

신비한 세계로 나를 이끌며
어둠 저버리지 않는
세상을 빛내고 있다

한여름의 꿈

한바탕 왈칵 쏟아내고
비취색 얼굴 슬쩍 비치는 팔월 하늘
쫓아가는 나를 밀어내고 있다

한발 다가서면 한걸음 멀어지는
한 시절 너머로
하얀 꿈이 날아다닌다

쪽물이 배어나
비껴가는 푸르름에 물들어가며
파란 번호키 알람이 울리고 있다

너의 안부를 묻다

늦가을 눈물이
아파트 창을 두드리며
아침을 적신다

다 떠나보낸
불 꺼진 동굴 속 거실에서
정적을 깨는 벨소리가 울린다

천둥이 치고 번개가 번쩍하며
뼛속까지 사진을 찍는다

앞을 가리며
낙엽이 젖어 들고 있다

지난 첫눈이 오기 전 떠난
쓸쓸한 바람 불던 마지막 목소리

빗물에게 안부를 묻는다

불새

붉게 타오르던 용암 덩어리
광화문 한복판에서 활활 타고 있다
남산 중턱에서
마천루 사이로 빠져나와
도심을 지나 한강대교에 앉는다

입술이 부르트도록 날갯짓하다
타다 남은 날개 펼치어

온 힘을 다해 날아간다
용솟음치는 짙푸른 바다로

그렇게 만나지길

떨어진
풋사과 하나 들고
너무 아파
숨조차 쉴 수 없었다

알고 있다
가슴앓이도 그것이었음을

어느 곳 어디에서라도
빛나는 이슬로

그렇게 만나지길

누군지 아시나요

저녁 준비할까요
아니요
저 저녁 먹었어요

제가 누군지 아시나요

알죠 선생님이요
그런데 왜
저녁 드시러 오시나 해서요

밖에 눈이 많이 내려요
나오지 마시고 병원 밥 드세요
네 그래서 전화했어요
저녁 준비하나 해서요

문 앞에서 저녁 내내 꼼짝하지 않는
겁먹은 시린 눈동자
펑펑 쏟아내는 한밤을 걸고 있다

날씨의 법칙

꽃피는 바람이 불어요
초록 잎 웃는 비가 내려요
소낙비 몰고 먹구름 흘러가지요

하얀 드레스 입은 십이월 신부에게
눈구름 농장 거닐던 함박눈이
눈꽃 화관을 씌워주고
마천루 숲에서 환호성 치는 불빛과
고요한 춤사위 펼치지요

약속같이 기다리지 않아도
황무지 들을 넘어 작은 산등성 아래
폭풍이 사는 동굴과 마주 서 있지요

아침 해 드는
빛나는 눈동자 너머로
환하게 밀려오는
반짝이는 물결이 출렁입니다

잊어버릴 만하면 돌아오는 그대
변함없이 오고 있네요

나는 아직 죽지 않았어

깜장 거지라 놀려도 좋아

불꽃으로 날아
아껴 둔 찬란한 푸름으로
활활 타올라

서릿바람 물큰한 너의 가슴
누구보다 뜨겁게 달구며

선명한 아름다움 피우는
처음이자
마지막 사랑이지

뒷산

하얀 발자국 끌어안고
놓지 못하는 질펙한 가슴

이 겨울이 가고
몸 푸는 봄이 널 부르고 있다

먼저 달려와
살며시 고개 드는
노랑 복수초

간절히 기다리며
산벚나무 묵묵히 서 있는 뒷산으로
실가지 오르는 봄 마중 가자

어제부터 눈웃음 빼꼭히 걸고 있는
실바람 부는 숲으로 가자

별빛 머무는 꽃

그대 떠난 혜화동 길에
마른 심장 적시는 꽃이 피었습니다

흐드러진 꽃잎이
가로등 어깨로 날아갑니다

아파할까 잡지 못하고 놓아버린 사람

만지면 사라질까
별이 머무는 꽃을 한없이 바라봅니다

곧 댕그랑 울릴 꽃종

저물지 않는 회색 거리를 무심히 덮고 있습니다

습설

겹쌓는 무게에
가늘어지는 육신을 이끌고

남의 땅을 부치며
살림을 장만해
지고 가는 어깨에 흰 눈이 앉는다
산을 오르며
벌게진 이마에 녹은 눈이 맺히고
짐을 내리고서야
목덜미 젖은 눈을 털어낸다
거친 살갗을 파고들며
떨어지지 않는 습설에
한 사람이
새하얗게 휘어지고 있었다

경계에 선 나무의 시

나호열(시인·문화평론가)

경계에 선 나무의 시

나호열(시인·문화평론가)

1.

『하얀 빛살은 멈추지 않는다』는 김정희 시인의 여섯 번째 시집이다. 2015년 첫 시집『너도 봄꽃이다』를 상재한 이후 2년에 한 권씩의 시집이 발간된 셈이다. 이 시집들을 빠짐없이 읽고 감상한 사람으로서 첫 번째 드는 생각은 시인에게 있어서 시는 어떤 의미를 지니고 있는가 하는 궁금함이다. 시는—예술이 지니고 일반적인 속성이기도 하지만—전인미답前人未踏의 길을 걷고자 하는 새로움에 대한 열망에서 이루어지는 작업이다. 변화하는 세상과 마주하면서 끊임없는 자기 갱신을 모색하는 일과 동시에 우리가 보지 못하는 세계를 찾아가는 여정이 그러하다. 그런데 김정희 시인에게 있어서의 시작詩作은 이와 같은 견해와는 사뭇 다른 경향을 보이고 있음을 주목해야 한다. 우선 그의 시들은 일상의 소회를 기록하는 일관성을 보여주고 있다는 점이다. 우리가 시마詩魔라고 부르는, 시를 쓰지 않으면 안 되는 몰입의 성향이 시인에게는 매우 자연스러운 일이라고 보여진다. 이를 요약해서 말한다면 아래와 같을 것이다.

김정희의 시는 일상을 벗어난 특별한 상상의 세계에 도달하는 것도 아니며, 언어의 조탁을 통한 미학적 성취를 위한 것이 아니라 자신 앞에 다가온 변화의 일상 속에서 함몰되기 쉬운 서정을 잃지 않으려는 안간힘일지도 모르겠다. 그러므로 회사후소繪事後素의 속뜻이 김정희 시인에게 있어서는 타고난 순수한 품성이 각박한 현실에 굴복하지 않고 훼손되지 않게 하려는 의지의 표명으로 읽힌다.
　　　　　—『가방을 메고 아침이 건너가고 있다』 발문 부분

현대시의 경향은 시인의 인격을 담보하는 서정의 영역보다 탈이성적인 객관적 상황의 심리 묘사에 기울어져 있다. 이른바 포스트모던 시라 불리는 난해시가 주류를 이루고 있으며, 그에 따라 시인은 또 다른 페르소나(가면)가 되어 자신의 인격을 노출해야 하는 위험과 감정의 과잉으로부터 벗어날 수 있는 것이다. 이와 같은 관점에서 김정희 시인의 시들은 자신의 심성을 날 것 그대로 보여주는 순연함을 지니고 있다고 보아야 할 것이다. 나날이 급속하게 변화하는 세상에서 그 변화에 발맞추고 따라가다 보면 우리는 본연의 마음을 잊어버리거나 잃어버리는 낭패를 대면하게 되는데, 끝까지 심성의 순수를 지키려는 일은 생각만큼 쉬운 일이 아니다. 짧은 독백과도 같은 시들은 멀리 퍼져나가는 종소리가 아니라 자신에게 되돌아오는 화살이 되어 가슴에 박히는 것이 아니겠는가.

2.

이미 알고 있다시피 김정희 시인은 태어나고 성장한 고장에서 지금도 살고 있다. 이 유랑의 시대에 자신의 모든 숨결이 살아 숨 쉬고 있는 땅에서 삶을 꾸려나간다는 것이 얼마나 행복한 일인가! 전형적인 농촌의 삶은 상부상조와 계절의 순환을 가계의 지렛대로 삼는 거짓이 통용되지 않는다. 봄이면 씨앗 뿌리고 한여름 뙤약볕에 땀 흘리며 이윽고 가을이 되기까지 노동의 기다림과 수확의 기쁨이 오로지 게을러질 수 없는 규칙으로 숨어 있는 삶인 것이다.

그런데 어느 때부터인가 농촌은 도시의 겉옷을 입기 시작한다. 넓은 도로가 뚫리고 기차가 쉼 없이 달려오고 달려가며 생활의 불편함을 상쇄한다. 한 마디로 도시화가 진행되면서 편리함과 유용함이 삶의 기본적 욕구로 생겨난다. 산을 허물고 논과 밭은 갈아엎어져 아파트가 들어선다. 이런 상황 속에서 농촌이라는 경계는 힘없이 무너진다. 시집 『하얀 빛살은 멈추지 않는다』는 경계의 무너짐—익명성이 강화되는—에 대한 염려와 아쉬움이 강조

되고 있다. 물론 이와 같은 시인의 관심은 비단, 이 시집뿐만 아니라 여타의 시집에서도 산견散見되지만 특히 이번 시집의 한 축을 담당하고 있음을 유의할 필요가 있다. 「민낯」, 「그림자놀이」, 「양성상회」, 「문패」, 「오월에 깃들다」, 「엄매」, 「신기루」, 「모른 척하지 않기」 등등의 시편은 도시화, 즉, 재개발이나 재건축이라 부르는 사업으로 말미암아 정든 터전을 떠나야 하는 스산한 풍경을 보여준다. 뉴타운이라 불리는 이런 사업들은 철저하게 자본주의 논리를 감추고 있다. 적정하지 않은 가격에 토지를 사늘이고 비싼 값에 팔리는 욕망의 회오리 속에서 떠나고 싶지 않은데 떠나야 하는 사람들과 떠나지 않으나 낯선 익명의 콘크리트 숲으로 들어가야 하는 사람들의 이야기를 담담하게 그려내고 있는 것이다. 그러나 김정희 시인이 그려낸 풍경 속에는 격정적인 울분이나 개별적 슬픔을 찾아보기 힘들다. 단지 그렇다는 것일 뿐이다. 단지 그럴 뿐이라고 해서 체념이나 낙담쯤으로 감상해서는 안 된다. 우선 시 한 편을 감상해 보기로 하자.

    수시로 들락거리는 외지인
    전철역 들어선
    그린벨트로 꽁꽁 묶여 있던 마을
    맹꽁이 살고 냉이꽃 피는 논밭에
    즐비하게 들어선 창고

잠잠했던 바람이 다시 불어
뜯기는 창고 널브러진 패널 더미
구겨진 철근은 꾸역꾸역 모여들고

쓰러진 담장에 깔려 핏빛 토하는
길가 이장 집 덩굴장미
누굴 기다리는지 고개 들어
다시는
만나지 못할 오월에 깃들어 가고
—「오월에 깃들다」 전문

　우리는 편리함과 실용을 앞세우며 터널을 뚫고, 다리를 놓으며 빠름을 추구한다. 그러기 위해서는 숲을 망가뜨리고 자연에 깃든 생명들을 아무렇지 않게 쫓아낸다. 그러다 보니 모든 면에서 인간이 설정해 놓은 경계는 슬그머니 사라져버린다. 남과 여, 인간과 자연, 옳고 그름 등등의 이분법적 경계는 혼돈의 도가니처럼 슬그머니 자취를 감춘다. 굳이 도덕과 윤리의 궤멸이라고 말할 필요는 없지만 훌륭한 가치의 기준은 더욱더 모호해진다. 집이 필요한 사람들을 위해서 더 많은 집을 지어야 하는 당위에 대해 반론을 제기할 수는 없다. 그러나 맑은 공기를 선물로 주고 농작물을 키워 먹거리를 공급해주는 산야를 없애는 것은 진지한 논의가 필요하다. 김정희 시인은 이렇게 도시화의 풍경을 보여주면서 그 풍경 속에 숨어 있

는 삶의 진실이 무엇인가를 자문해 보기를 권유한다. 그
렇다면 삶이 진실은 무엇인가? 혹시 우리는 진상眞相이
아닌 허상을 좇고 있지 않은가? 하는 풍경의 이면을 보
여준다. 결코, 허무주의에 함몰하는 것이 아닌 신기루!

　　　화려한 도시에서
　　　사막 저 멀리 가물거리는
　　　오아시스 찾고 있다

　　　간절함 커지며
　　　보이지 않는 희망을 좇아
　　　도심 속 사막을 걷고 있는
　　　너의 뒷모습에서
　　　뒤로 먼 날이 앞으로 오고 있다

　　　어느 곳 어디일지 모를
　　　그곳에서 아른거리는
　　　시원한 물줄기
　　　푸른 야자수에 둘러싸인
　　　반짝거리는 오아시스 저기 있다

　　　오월을 덧대는 아파트 유리창에
　　　아침이 찬란히 퍼지고 있다
　　　　　　　　　　　　　　　　—「신기루」전문

　이 시는 도시화나 어쩔 수 없는 인간의 욕망을 대변하는 자본주의를 배격하는 의도를 지닌 시는 아니다. 무한한 경쟁과―제로섬zerosum 게임으로 불리는―더 많은 재화를 얻고자 하는 욕망을 완벽하게 차단하거나 제거할 수는 없다. 또한, 적절한 욕망의 제어나 제거는 불가능함을 이야기할 뿐이다. 우리의 삶은 단지 오아시스로 보이는 신기루를 좇아 하염없이 시간을 소모하는 서글픔을 보여줄 뿐이다. 그래서 시 「오월에 깃들다」와 「신기루」는 대립되는 양상이 아니라 양면을 지닌 존재의 속성을 넌지시 말할 뿐이다.

　그러다 보니 이 세상에 태어난 이상 우리는 무한한 쓸모의 책무에 시달린다. 시인은 자본주의와 물신주의를 비판하는 것이 아니라 그로 말미암은 존재의 계급화에 주목한다. 쓸모가 많은 존재는 그만큼 재회를 많이 획득할 기회가 주어지고, 쓸모, 다시 말해서 능력이 없는 존재는 이른바 을乙이 되는 세태를 주목하고 있을 뿐이다. 김정희 시인에게 있어서 존재의 존엄성은 무거운 주제임은 분명하다. '그냥 지나쳐도 좋을 인연 // 없다 // 내게 먼저 손 내밀고 / 수줍게 가슴 여는 너 // 밥 한 톨에도 의미를 주는 / 쓸모 // 있다'(「쓸모」 전문)는 시집 『가방을 메고 아침이 건너가고 있다』에 수록되어 있는 시로서 만인 평등의 염원을 인연으로 엮은 시이다. 필자는 이 시를 다음과 같이 분석했다.

쓸모는 나를 둘러싸고 있는 사람들, 사물들 모두가 나름의 존재 가치를 가지고 있다는 뜻이다. 섣부른 가치판단—유용성이나 편리성, 장식성 등—으로 내쳐져야 할 존재는 없다는 뜻이다. 그럼에도 우리의 삶은 어쩔 수 없이 쓸모의 용도를 나름의 기준으로 삼는다. 밥벌이를 위한 임용시험이나 면접에서도 자신들의 조직에 조금 더 쓸모가 있는 사람을 뽑는다. 촘촘한 간격을 지닌 숲은 간벌을 통해 나무들을 벌채한다. 그런데 이 짧은 시에는 놓쳐서는 안 될 시인이 감춰놓은 진의가 숨겨져 있다.

'쓸모'의 잣대를 들이대는 순간 우리는 사람과 사물에게 가치의 유용성을 이입시키기 때문에 '쓸모'라는 관념 자체를 버려야 한다는 희망을 권유하는 것이다. 실현이 불가능한 생각일지라도 '쓸모'를 잊어버리는 일이 적대적 감정을 무력화시키는 무위無爲임을 표명하는 것이다.

그런데 이번 시집에서는 한 걸음 더 나아가 인간과 인간 사이의 쓸모뿐만 아니라 만상萬象에까지 쓸모를 확장하는 시가 발견된다.

뒤로 나뒹굴다 앞으로

도로에서 일어나는 바람에 날아가다
약국 앞에 쌓인 종이상자에 누운 비닐 조각

십 년 이상 거리를 누비는 손수레
아직 쓰임이 남아 있다
날마다 실어 나르는 절망 뒤섞인 희망

좁은 길의 곰팡내 신고
쓸모를 주워 담으며
골목을 지나 시장길 누비고 있다
　　　　　　　　―「쓸모의 희망」 전문

쓸모없는 것들을 쓸모없다고 단정하기 전에 이 세상 모든 존재는 처음부터 쓸모가 없었던 것이 아니었다. 아니, 처음부터 쓸모를 단정하며 생성된 존재는 없다. 평범한 언명 같아도 쓸모에 대한 시인의 감각은 인본적 사유를 훌쩍 뛰어넘는 경지에 다다르고 있다.

3.

김정희 시인을 일러 순수한 심성을 지녔다고 주장하는 까닭은 앞에서 언급하였듯이 농촌에서 태어나 성장하고 오늘에 이르기까지 그 자리에서 근면과 뿌린 대로 거두는 농자農者의 심성을 체득한 데 있다. 시인의 시들은 일관되게 배우지 않아도 스며들어 있는 절제의 미덕을 보여주고 있다. 등고자비登高自卑, 높이 오르기 위해서는 가장 낮은 곳으로부터 시작해야 하는 겸손의 시각이 자리 잡고 있음으로써 그의 시에는 교언영색巧言令色이 없는 담백함이 넘쳐나는 것이다.

따라서 그의 시편은 강렬한 메시지나 화려한 문장을 멀리하고 화자話者의 알맞은 거리 조정을 통해 스스로 풍경 속으로 들어가 그 풍경을 체험하는 자리를 마련하고 있다.

시인은 경계에 서 있다. 중년과 노년의 경계, 도시와 농촌의 경계, 떠남과 머무름의 경계에 서서 세상의 이쪽과 저쪽을 바라보는 한 그루의 나무로 서 있다. 그 나무는 '한 곳을 바라보며 / 아름다움 지키려 애쓰고 있'(「네가 오가는 길목에 서 있다」)으면서 '다른 곳에 머물더라도 / 혹시 내가 모르고 지나가면 / 네가 먼저 / 꽃잎 가지로 내 발부리 걸어 / 날 불러'(「모른 척하지 않기」)주기를 염원한다. 떠날 사람은 떠나고 쓸모라는 말이 쓸모없는 인연을 버리지 않기로 하는 것이다. 인연은 경계로 나눌 수도 넘을 수도 없는 것이다. 그래서 이 시집에서 눈여겨보아야 할 빛나는 시가 등장한다.

굴러다니다 하나 둘 셋
얼기설기 모여 이를 딱 맞물고 있다

혹시라도 떨어질까 몸을 의지하고
한 몸 아닌 한 몸이 되었다

한 자리에서 가족을 만들어 가며
때로는 날 기다리는 아버지 어머니였다

내일도

목말 태운 비바람 눈보라 세월과
우산이끼 피우며 숨바꼭질하고 있을

돌담

―「날 기다렸다」 전문

돌담은 경계이면서 경계가 아니다, 돌담은 수많은 돌이 아귀에 맞춰 맞물려야 하고, 바람을 막아주고, 이 집과 저 집을 연결하는 길이 되기도 한다. 큰 돌과 작은 돌, 모난 돌과 둥근 돌이 입을 맞추고 등을 맞대는 것처럼 쓸모없는 존재도 없으며 갑과 을을 나누는 기준이 될 수도 없다는 진실을 시인은 돌담을 통해 증언하고 있는 것이다. 그럼에도 아마도 시인은 '푸르지오 지나 e편한세상 바라보면서 (…중략…) 서로에게 다가서지 않는 그림자'(「그림자놀이」 참조)로 서성일 것이고, '찰칵 초를 세며 / 살아지는 삶 속에서 나를 찾'(「주변인」 참조)는 일을 거듭할 것이다. 그리하여 시인은 부동으로 경계에 서 있으나 그 경계는 마음먹기에 따라 유연하게 변화하는 자유로 치환된다.

늘어난 고무줄처럼
거리감 느껴지면 한 정거장보다 가까이
허물없다 여겨지면 두 정거장 멀어지고
그럼 우리
조금 편하게 웃을 수 있으려나
　　　　　　　—「조금 가까이 조금 멀게」 끝 연

4.

아마도 김정희 시인은 정중동靜中動의 나무가 되어 자신의 생애가 오롯이 살아있는 땅을 증언하는 지킴이가 될 것이다.

휘어진 그대로

까칠함 그대로

솔직해서

부끄럽지 않다
―「소나무」 전문

소나무는 맑은 공기를 마시며 사는 나무이다. 온갖 풍파를 견디어내며 푸름을 버리지 않는 나무이다. 김정희 시인의 염원은 그런 소나무가 되기를 바라고 있는 것은 아닌지 시집 『하얀 빛살은 멈추지 않는다』을 따라가다 보면 그런 생각을 하게 된다. 우리 모두 세월이 흐르고 나이가 더 들어가면 마을 어귀의 당산나무처럼 고향을 지키는 고목이 된다면 얼마나 좋을까!

시월을 가장 먼저 입고 제일 먼저 옷을 벗은

탈곡을 마친 노인이 서 있다

발가벗은 검은 몸으로 다가오는 겨울맞이를 위해

시원하게 내리는 빗물로 거칠어진 각질을 벗겨내고 있다

읍내로 학교 다니는 두 시간마다 오는 버스 길에

아직 덜 여문 낙엽이 굴러와 버스 정류장에 먼저 선다

바람막이로 살아온 노인이 늦가을 액자 속에서

긴 잠에 빠져든다
—「고목 그 아래 서다」 전문

그리하여 시는 깨달음의 경전이 아니라 언어로 쓰는 기
도문이다.

하얀 빛살은 멈추지 않는다

김정희 지음

발행처	도서출판 청어
발행인	이영철
영업	이동호
홍보	천성래
기획	육재섭
편집	이설빈
디자인	이수빈 | 구유림
인쇄	정우인쇄

등록 1999년 5월 3일
(제321-3210000251001999000063호)

1판 1쇄 발행 2026년 1월 31일

주소 서울특별시 서초구 남부순환로 364길 8-15 동일빌딩 2층
대표전화 02-586-0477
팩시밀리 0303-0942-0478
홈페이지 www.chungeobook.com
E-mail ppi20@hanmail.net

ISBN 979-11-6855-425-2(03810)